Bibliografische Information der Deutschen Nationalbibliothek: Die Deutsche Nationalbibliothek verzeichnet diese Publikation in der Deutschen Nationalbibliografie; detaillierte bibliografische Daten sind im Internet über dnb.dnb.de abrufbar.

Die Abenteuer von WAU WAU & MIAU
1. Auflage Juli 2017
© W.J. Marko, Altlichtenwarth Österreich
Alle Rechte vorbehalten
Herstellung und Verlag:
BoD – Books on Demand, Norderstedt
ISBN: 9783744886215

Die Abenteuer von WAU WAU & MIAU

Vorwort

Letzten Winter saßen mein Hund und ich gemütlich im warmen Zimmer zusammen und sinnierten gemeinsam über das Leben. Dazu muss ich vorausschicken, dass ich mich sehr viel mit meinem Hund unterhalte. Mein Hund, ein Golden Retriever namens Cosmo, mittlerweile fast zwölf Jahre alt ist schon als Welpe sehr gesprächig gewesen.

Nun wie wir so beisammen saßen, meinte mein Hund plötzlich: „Sag sind wir nicht langsam in einem Alter, wo man seine Lebensgeschichte für die Nachwelt aufschreibt?".
„Echt jetzt?" fragte ich Ihn. „Du kannst ja gar nicht schreiben!". „ Aber ich kann gut erzählen, das ist im ganzen Ort bekannt"

brummte er „und schreiben kannst Du".
Wie ich gerade über diesen Vorschlag nachdenken wollte, stand plötzlich meine Katze vor mir. Meine Katze ist eine schwarze zarte Katze, die auf den Namen Minki hört – zumindest wenn sie gerade dazu aufgelegt ist. Obwohl sie sehr zart ist, ist sie die Chefin im Haus.

Nun wie sie so vor mir stand meinte sie „Aber im Leben von Cosmo spiele ich auch eine große Rolle und nicht zu vergessen meine drei Buben – Luis, Carlo & Sigi".

Nun meinem Hund hätte ich die Idee noch ausreden können, aber bei meiner Katze, die ja die Chefin im Haus ist, traute ich mich leider nicht zu widersprechen. Katzen besitzt man ja bekannterweise nicht, sondern Katzen besitzen einen Zweibeiner der die Katzenwünsche unverzüglich auszuführen hat.

Ja, so ist es gekommen, dass meine Tier erzählt haben und ich folgsam geschrieben habe.

Dann lassen wir einmal die Hauptdarsteller zu Wort kommen.

COSMO

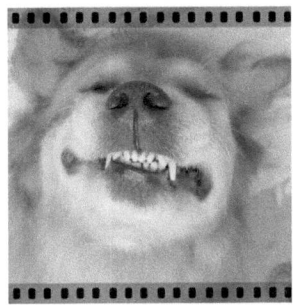

MINKI

Gut Cosmo, dann erzähl einmal. Kannst Du Dich noch erinnern wie wir uns das erste mal gesehen haben?

Naja gesehen habe ich euch noch nicht richtig, aber unsere Nase ist ja schnell betriebsbereit und der Geruch ist mir in guter Erinnerung geblieben. Deshalb bin ich auch gleich zu euch gelaufen wie ihr das nächste mal gekommen seid. Wie alt war ich da?

Acht Wochen und deine Mami hat dich nicht mehr mit Muttermilch versorgt. Wahrscheinlich hast Du mit deinen Spitzen Zähnen zu viel geknabbert.

Hehe gute Zähne hab ich heute noch. Ihr habt mich gekrault und dann hochgenommen. Dann seid Ihr mit mir in so ein Ding rein gekrabbelt und dann ist alles so schnell vorbeigezogen. Okay heute weiß ich dass ihr Zweibeiner ein Fahrzeug braucht um etwas schneller zu sein. Dann sind wir bei Euch zu Hause angekommen und Ihr habt mir gesagt, dass ich jetzt auch hier wohne. Na gut, dann habe ich einmal alles begutachtet. Super, Essen ist schon bereit, eine Kuscheldecke habe ich auch gefunden. Naja die erste Nacht hab ich meine Mami schon vermisst, aber ich weiß noch, das Ihr mich pausenlos gekuschelt habt.

Am frühen Morgen wollte ich raus die Welt entdecken. Und was habt ihr gemacht Halsband bei mir angelegt und an die Leine genommen. Da ihr Zweibeine keine so gute Nase habt hab ich mir halt gedacht nehmen wir das Zeug, sonst findet Ihr ja nicht zurück.

Cosmo, die Leine nehmen wir aber damit ihr Hunde nicht davonlaufen könnt.

„Das ist aber Einschränkung der persönlichen Hundefreiheit!" protestiert Cosmo.

Kaum sind wir draußen, sehe ich einen weißen Vierbeiner, der sofort auf mich zukommt und nicht mehr von mir weggeht.

Ja das war Cindy ein Malteser Weibchen und die war sofort verliebt in Dich.

Lieb war sie ja, aber damals war ich noch zu jung und dann war sie zu klein für mich, aber ich habe gerne mit ihr gespielt.

Weißt Du noch wie wir das erste mal schwimmen waren?

Oh sehr gut, das war in meinem ersten Sommer, da seid ihr mit mir zu einem See gefahren. Das war toll!

Ja vor allem weil Du ins Wasser rein bist und drei Stunden nicht mehr rausgegangen bist.

Kannst Du Dich noch an die Zeit in der Hundeschule erinnern?

Das war ein Spass! Viele andere Hunde in meinem Alter. Soviel Spielkameraden auf einen Fleck ist schon toll. Und soviel neue Sachen die man da machen konnte. Durch Tunnel kriechen, über Wippen gehen, alles was Spass macht.

Du warst aber schon ein Lausbub in der Hundeschule! Den Hundetrainer hast Du schon manchmal zur Verzweiflung gebracht.

Naja, der hat alles so tierisch ernst genommen wie Ihr Menschen das immer sagt. Aber wir Tiere sehen das halt ganz anders. Bei der Abschlussprüfung konnte ich ja alles.

Das hätte ich vorher nicht geglaubt.

Ihr Menschen müsst mehr Vertrauen zu uns Tieren haben.

Dein erster Kontakt mit einer Katze war auch heftig.

Oh, erinnere mich nicht daran. Da waren wir spazieren und gingen bei einem Garten vorbei und plötzlich ist mir ein Katzenduft in meine empfindliche Nase gestiegen. Wie ich meine Nase durch den Zaun stecke kommt aus dem Gebüsch plötzlich eine Pfote mit ausgefahrenen Krallen und haut mir eine auf meine empfindsame Nase.

Bei uns Menschen gibt es ein Sprichwort: „Man soll seine Nase nicht in fremde Angelegenheiten stecken"

Der Tag war eine persönliche Niederlage für mich. Eine Katze hat sich gefälligst vor einem Hund zu fürchten!

Nun nicht alle Katzen halten sich daran. Und heute hast Du vier Katzen im Haus, die Dir auf der Nase herumtanzen.

Na na, nur eine tanzt mir auf der Nase herum. Minki glaubt ja immer, dass sie das Sagen im Haus hat. Ihre drei Buben habe ich gleich von klein auf richtig erzogen.

Minki hat Dich aber beim ersten Treffen ins Herz geschlossen. Da war sie erst ein paar Monate alt und ist wild aufgewachsen. Aber beim ersten zusammentreffen mit Dir ist Sie sofort zu Dir gegangen. Du hast zwar versucht sie zu verbellen aber Sie hatte keine wirkliche Angst vor Dir. Sie ist immer wieder zu Dir gegangen.

Ja Sie war eh lieb, aber stell Dir einmal vor, wenn sich das im Dorf herumspricht, dass ich keine Katze verjagen kann, da ist gleich mein ganzer Ruf ruiniert.

Minki wie hast Du das erlebt?

Na endlich darf ich auch was erzählen! Ich war ja noch bei meiner Mami wie ich das erste mal Cosmo gesehen habe und ich habe gleich gewusst, das er ganz liebe Zweibeiner hat. Ich wollte mich eigentlich bei Cosmo an schmeicheln. Und was macht er? Cosmo verbellt mich wie wild. Aber ich habe gleich gemerkt, dass das nur ein halbstarkes Gehabe ist, denn er ist mir nicht nachgelaufen. Das war im Sommer, da war es draußen noch richtig toll. Schön warm und man konnte in der Natur herumstreifen. Aber bei den ersten kühleren Tagen habe ich schon überlegt wo ich einen guten Platz für den Winter finde. Meine Mami hat uns Katzenkinder gesagt, dass wir jetzt groß genug sind und wir selber schauen müssen wir wir weiterkommen.
Also habe ich beschlossen bei Cosmo einzuziehen. Dazu musste ich aber

herausfinden wo er zu Hause ist. Darum bin ich Euch heimlich ein paar mal nach geschlichen.

Ja, und Anfang Oktober bist Du plötzlich vor unserer Türe gewesen, als wir mit Cosmo vom Abendspaziergang zurückkamen. Da es dunkel war haben wir Dich nicht gleich gesehen. Aber Cosmo hat sofort lautstark gebellt. Ich glaube, er wusste schon, was jetzt kommt. Du bist dann unter dem Tor durch in den Hof. Wie wir die Türe in den Garten aufgemacht haben, bist Du einfach ins Haus hinein spaziert und hast dich sofort auf die Bank gelegt.

Ja und da habe ich schon beschlossen gehabt hier zu bleiben. Ich musste das nur mehr Euch und Cosmo beibringen. Mit Euch war das eine leichte Übung. Einmal sanft schnurren und schon seid Ihr mit einer Schale Milch gekommen. Bei Cosmo war das etwas mehr Überzeugungsarbeit!

Der arme war ganz durcheinander. Der war die ersten drei Tage richtig fertig. Er hat echt geglaubt, dass er jetzt ausziehen muss weil Du da bist. Aber er hat dann bald gemerkt dass er genau soviel Aufmerksamkeit und Liebe bekommt wie vorher.

Da muss ich aber schon auch etwas dazu sagen, meldet sich Cosmo. Das Leben war so schön eingerichtet – ich und meine Zweibeiner, deren ungeteilte Aufmerksamkeit bei mir war. Und dann? Plötzlich haben wir eine Katze im Haus. In MEINEM Haus! Schon wieder eine Niederlage für einen anständigen Hund! Okay, heute bin ich froh, das ich eine große Familie habe. So bin ich nicht alleine, wenn Ihr einmal weg seid.

Aber oft lassen wir Dich nicht zu Hause. Wenn es irgendwie möglich ist, haben wir Dich immer mitgenommen!

Naja das stimmt schon, aber am liebsten habe ich Euch 24 Stunden am Tag um mich. Minki hat ja die Herrschaft im Haus übernommen. Wenn Sie mich knuddeln wollte und ich aber keine Lust hatte hat sie sich vor mir aufgestellt und mir mit Ihren Pfoten auf die Schnauze gehaut.

Aber Ihr habt Euch schnell miteinander zurechtgefunden.

Ausziehen wollte Sie ja nicht mehr und da habe ich mir gedacht ich habe sicher ein ruhigeres Hundeleben wenn ich nicht mit Ihr streite.

Minki schnurrt im Hintergrund und meint: Ich habe gleich gewusst, dass Cosmo ein großes Herz hat und aus diesem Grund bin ich zu Ihm gezogen. Da habe ich einen großen stattlichen Beschützer.

Aber Minki, ich glaub Du kannst Dich ganz gut verteidigen.

Aber Für unser Ego wollen wir einen Beschützer, das ist bei uns Katzendamen genau so wie bei Euch Zweibeinern.

Cosmo & Minki

Das ist doch ein schönes Foto von Euch beiden.

Na gut jetzt bin ich schon im weisen Alter, wo ich kein Problem mehr habe so ein Bild herzuzeigen. In meiner Sturm- und Drangzeit hätte es mein Ego ganz schön angekratzt.

Aber es hat nicht sehr lange gedauert und Eure Familie ist größer geworden! Wie ist das denn passiert Minki?

Minki streckt sich gemütlich und beginnt zu erzählen. Na eines Abends bin ich in den Garten raus um noch eine Runde zu drehen. Plötzlich steht ein Kater vor mir. Natürlich habe ich ihn angefaucht, aber er ist einfach stehen geblieben und hat ganz lieb geschnurrt. Er war schon ein stattlicher Kater mit schwarz-weißem Fell und hat mir schöne Augen gemacht. Er hat mich dann mitgenommen und mir seine Lieblingsplätze gezeigt. Dann haben wir noch eine ganze Weile ganz lieb gekuschelt. Am frühen Morgen bin ich dann wieder müde und hungrig nach Hause gekommen. Gott sei dank haben meine zweibeinigen Dosenöffner schon das Futter für mich hergerichtet gehabt. Am nächsten Abend bin ich gleich wieder in den Garten raus um meinen Lieblingskater wieder zu treffen. Im Garten war er weit und breit nicht zu sehen, also bin ich gleich zu dem Platz gelaufen wo wir so schön gekuschelt haben. Wie ich hinkomme sehe ich schon meinen stolzen Kater. Aber noch etwas habe ich gesehen! Dieses Mistvieh von Kater kuschelt da mit einer rothaarigen Katze! Wenn die beiden nicht so schnell ab gezischt wären, hätte ich beiden die Augen ausgekratzt. Der Abend war für mich gelaufen und so bin ich nach Hause gegangen und habe mich zu Cosmo gekuschelt. Auf den ist wenigstens Verlass.

Aber ist der Kater nicht ein paar Tage später wieder bei uns im Garten gewesen?

Ja, der hat sich sogar noch her getraut. Da hat er sich aber verrechnet gehabt. Wie ich ihn gesehen habe, schrie ich ganz laut und Cosmo hat das sofort gehört und ist mir zu Hilfe gekommen.

Das war an dem Abend, als er mich fast umgeworfen hat, weil ich gerade in der Tür stand.

Aber Cosmo hat es ihm gezeigt. Er ist dem Kater nach und hat ihn angebellt und an gefletscht, dass ich fast selber Angst bekommen hätte. Der falsche Kater hat rasend schnell die Flucht ergriffen und hat sich nicht mehr blicken lassen.

Ein paar Woche später hat dein Frauchen gemeint, dass Du einen richtigen Bauch

bekommst. Und ca. neun Wochen nach Deinem
Kuschelabend war die große Überraschung da.

Ja ich hab eh schon bemerkt, dass mein Bauch immer größer wird und bewegt hat sich dann auch was darin.

Wir haben dann eine Kiste für Dich
hergerichtet damit Du in Ruhe deine
Baby´s zur Welt bringen kannst. Aber Du hast
die Kiste ignoriert.

Wie mein Bauch am Abend schon ganz fürchterlich weh getan habe bin ich zu meinem Frauchen auf die Bank geklettert, weil ich mir gedacht habe da kann mir Frauchen helfen, denn sie weiß ja schon wie man Baby´s kriegt. Puh das war drei Stunden eine anstrengende Angelegenheit. An diesem Abend habe ich den hinterhältigen Kater mehr als einmal verflucht!

Aber trotzdem habe ich gewusst was ich machen muss. Wie mein erstes Baby auf die Welt gekommen ist, habe ich die Nabelschnur durchgebissen und den kleinen saubergeleckt, dann ist er sofort zu meiner Brust geklettert und hat Milch getrunken. Da war ich schon etwas erschöpft, aber richtig stolz. He der kleine ist gerade aus mir herausschlüpft, auf den muss ich jetzt gut aufpassen. Aber nach kurzem Verschnaufen und Stolz sein hat sich da unten schon wieder etwas bewegt. Und während mein erstes Baby an meiner Brust getrunken habe ist das zweite gekommen. Also das selbe noch einmal und plötzlich hatte ich zwei so kleine an meiner Brust hängen. Da habe ich schon Panik bekommen, weil ich daran gedacht habe, dass ich das jetzt alles alleine schaffen muss, weil sich der Katzenvater verabschiedet hat.

Und dann ist es schon wieder losgegangen, obwohl ich schon so fertig war und nur mehr schlafen wollte.

Ja beim dritten Baby warst Du schon so erledigt, dass wir Geburtshilfe leisten mussten! Du hast das dritte Baby nurmehr zu zwei Drittel herausgepresst und bist dann vor Erschöpfung eingeschlafen. Also mussten wir Zweibeiner einspringen. Das Baby ganz herausholen, Schere desinfizieren und Nabelschnur durchschneiden, sauber putzen und zu deiner Brust legen.

Das habe ich nicht mehr richtig mitbekommen. Ich habe nurmehr gemerkt, das da drei so kleine Wesen bei mir Milch trinken.

Du hast das aber wirklich gut gemacht, sollen wir einmal ein Bild von den drei Buben herzeigen?

Ja, ich bin ja stolz auf meine drei Buben!

Minki und Ihre Buben: Luis, Carlo & Sigi

*Minki du warst aber eine brave Katzenmutter!
Du bist erst nach vier Tagen einmal kurz in
den Garten gegangen immer mit einem Ohr bei
den kleinen.*

Da hab ich schon gewusst, dass Cosmo auf
die kleinen aufpasst. Wie sie das erste mal
in den Garten gegangen sind hat Cosmo
drauf geachtet, dass die Bengel nicht zu
weit gehen und erst Ihre nähere
Umgebung kennenlernen.

27

Da hat mir Cosmo viel Arbeit abgenommen.

Es war lustig, wie Du Ihnen ihre erste Maus gebracht hast. Du hast die Maus zwischen die drei Buben gelegt und Dich dann hinter die Mauer gesetzt und Ihnen zugeschaut, was sie mit der Maus machen. Wie die Maus gerade entkommen wollte, bist Du vorgesprungen und hast die Maus wieder gefangen und Ihnen wieder gegeben.

Naja, Katzen müssen das lernen und ich als Ihre Mutter muss Ihnen das beibringen!

Jetzt sind wir eine große Familie aus Zwei- und Vierbeinern!
Jetzt sind Deine Buben auch schon sieben Jahre alt und richtig erwachsen. Trotzdem sehe ich öfters, das Du Dir Sorgen machst, wenn sie am Abend später nach Hause kommen.

Da wäre ich eine schlechte Mutter, wenn ich mir keine Sorgen machen würde. Erinnerst Du Dich noch wie Sigi von einem Auto überfahren wurde.

Ja da sind wir später von der Arbeit gekommen und Sigi ist vor dem Haus gelegen und hat geblutet. Wir haben Ihn dann gleich zur Tierärztin gebracht und er wurde operiert. Zwei Nägel im Kniegelenk und eine Schiene. Dann musste er zehn Tage bei der Tierärztin bleiben, aber wir haben ihn in der Zeit immer besucht. Dein Frauchen hat Ihm Ihren Schal dort gelassen, dass er etwas gewohntes von uns hat. Das hat Ihm gut gefallen und die Tierärztin hat gemeint, das sie noch keine Katze gehabt hat, die so viel geschnurrt hat, trotz seiner Verletzung. Ein kleine Defekt ist Ihm geblieben. Er hat das eine Bein etwa steif und zieht es beim Laufen etwas ein. Es hindert ihn aber nicht am laufen, er geht aber nicht mehr so weit fort.

Hey, hat Cosmo gerade im Schlaf gebellt?

Langsam dreht er sich um, schaut mich an und meint „Ich habe gerade von einem Wildschwein geträumt!"

Meinst Du das Wildschwein, welches Du im Wald neben dem Weg am Schenkel angestupst hast oder das Wildschwein als wir in Berlin auf Urlaub waren?

Oh, das Wildschwein in Berlin war eine lustige Geschichte. Das Schwein war ganz schön lästig. Da waren wir ja bei der ehemaligen Radarstation und da gab es auch ein junges Wildschwein, welches mir immer nachgelaufen ist und mich gezwickt hat. Irgendwann hat es mir gereicht und ich habe das Schwein einmal richtig an geknurrt.
Das war aber erst eine Herausforderung für das Schwein. Das ist eine halbe Stunde so gegangen.

Aber Schweine kennst Du ja jetzt schon einige. Wir haben ja erst vor ein paar Wochen die Schweine unserer Nachbarn gefüttert als die Nachbarn ein paar Tage auf Urlaub waren.

Da geh ich gerne hin, da gibt es ja die zwei Hundemädel Emi und Heri. Mit denen versteh ich mich gut. Da kann ich immer mit Artgenossen spielen. Die Schweine sind aber auch lustig, besonders die jungen. Wenn sie nur nicht so einen Lärm machen würden. Aber am besten hat mir gefallen, wie du den Stall ausgemistet hast. Wenn Du nicht auf zwei Beinen gegangen wärst hätte ich Dich glatt für ein Schwein gehalten.

Wieso Cosmo?

Na Du warst dann genauso dreckig wie die Schweine und gerochen hast Du auch so.

Ja, aber ich war gleich danach duschen und habe mich umgezogen.

Cosmo grinst mich an: Ihr Zweibeiner vergesst immer welch eine gute Nase wir haben. Also für mich hast Du noch ein paar Tage nach Schwein gerochen.

Tja Cosmo, manchmal ist ein schlechter Geruchssinn auch von Vorteil.

Cosmo quittiert meinen Kommentar mit einem zufriedenen Grunzen. Vielleicht hat er schon die Schweinesprache gelernt!??

Sag einmal Cosmo, wie war das mit dem Hundemädel meiner Arbeitskollegin?

Cosmo lehnt sich entspannt zurück und bekommt so einen sonderbare zufriedenen Blick. Das war ein nettes Retriever Mädel? Die ist zu uns auf Besuch gekommen und war mir auf Anhieb sympathisch.

Kann es sein, dass es daran gelegen hat, dass sie gerade Stehzeit hatte und Baby´s wollte?

Ein breites Grinsen geht um Cosmos Hundeschnauze. Schon möglich. Für mich hat sie echt gut gerochen!! Die hat sich auch gleich gehalten wie ich aufgesprungen bin. Wir waren ja alleine im Garten und hatten lange Spass miteinander.

Wusstest Du auch, dass in der Hundeversicherung Alimente ausdrücklich ausgenommen sind?

Wir Hunde können uns aber nicht um alle Probleme von euch Zweibeinern kümmern! Sprach's und verschwand in den Garten.

Minki wie hat Dir die Hundedame gefallen?

Minki schaut mich ganz böse an und meint: Die Frage ist jetzt aber nicht ernst gemeint. Immer wieder kommt Besuch mit Hunden zu Euch und Du weißt genau, das ich andere Hunde in meinem Reich nicht leiden kann. Da verschwinde ich immer und der Tag ist für mich gelaufen!

Gerade kommt Cosmo wieder vom Garten zurück und bringt einen Ball mit. Willst Du schon wieder Ballspielen?

Nach unseren vielen gemeinsamen Jahren hast sicher auch Du schon gemerkt, dass Bälle mein Lieblingsspielzeug sind. Da kann ich mich stundenlang beschäftigen. Hauptsache Du spielst mit mir.

Das mache ich ja gerne, aber wir Zweibeiner haben manchmal auch noch anderes zu tun. Wir müssen Geld verdienen, das wir Euch Futter kaufen können und so wenig ist das nicht bei vier Katzen und einem Hund. Da verbraucht man schon was.

Na und ein paar Jahre waren es fünf Katzen. Könnt Ihr Euch noch an Petzi und danach an Felix erinnern?

Petzi ist vor ungefähr sieben Jahren zu uns gekommen, als von Eurem Frauchen die Mutter gestorben ist. Petzi hat bei Ihr gelebt und sie hat sich immer gut um Ihn gekümmert. Und dann war die Frage wo Petzi hin soll. Für uns war das aber keine Frage. Wir wussten gleich, dass er zu uns kommt. Petzi war ja schon ein älterer Kater. Da hatten alle Bedenken, dass es Probleme mit Cosmo oder unsern Katzen geben würde. Wenn wir auf Besuch waren ist Cosmo ja immer sofort Petzi nachgelaufen.

Ja das war lustig wenn wir auf Besuch waren. Wenn ich meine Schnauze bei der Tür reingesteckt habe ist Petzi sofort die Stiegen rauf und in den Garten und ich hinterher.

Petzi bei uns im Garten

Wie Ihr ihn mit nach Hause genommen habt, wusste ich schon, dass er jetzt bei uns bleibt und ab nun zu unserer Familie gehört. Er hat sich ja am Anfang gar nicht aus dem Korb getraut, den Ihr im Zimmer auf die Bank gestellt habt. Also habe ich mich zu Ihm auf die Bank gesetzt und auf Petzi aufgepasst.

Das war echt toll von Dir Cosmo! Aber mit unseren Katzen hat es schon etwas länger gedauert, bis sie Petzi akzeptiert haben. Carlo hat sich immer vor Petzi hingesetzt und ihn angefaucht. Das hat Petzi aber nicht beeindruckt und er hat gar nicht reagiert und nach ungefähr drei Wochen haben alle friedlich zusammen gelebt. Wie Petzi das erste mal in unseren Garten gegangen ist war Cosmo immer in seiner Nähe und hat wie bei den Katzeninder aufgepasst, dass er nicht gleich weit fortgeht.

Cosmo dreht denn Kopf hin und her. Was überlegst Du Cosmo?

Ich hab nur gerade daran gedacht, dass Petzi ein Schönwetterkater war. Er ist ja nur in den Garten gegangen wenn es schön und warm war und hat sich dann den halben Tag in die Sonne gelegt. Im Winter ist er gar nicht aus dem Haus gegangen.

Ja, ganz im Gegensatz zu dir Cosmo. Du leidest ja im Sommer sehr unter der Hitze. Im Winter fühlst Du Dich Pudelwohl.

Ist ja auch kein Wunder wenn man so wie ich in den Schnee hineingeboren wird. Schnee ist für mich gleich nach schwimmen das beste zum herumtollen.

Minki, Du hast Dich ja mit Petzi auch gut vertragen.

Ja, Petzi war ein lieber Kater und er hat immer so lieb die Zunge heraushängen lassen. Wir haben ja auch immer den Kuschelplatz bei Frauchen geteilt. Ich auf der Schoß vom Frauchen und Petzi auf der Schulter.

Ich war echt traurig wie Petzi gestorben ist.

Da waren wir alle traurig Minki. Aber er ist ganz ruhig eingeschlafen und er ist ja bei uns begraben.

Cosmo ich glaube wir werden bald wieder im Haus einheizen. Es wird langsam kühl draußen.

Das liegt nur daran, das Ihr Zweibeiner kein Fell habt brummt Cosmo sichtlich genervt. Mit Fell würdet Ihr nicht so leicht frieren. Ich bin froh, dass der heiße Sommer endlich zu Ende ist. Das war ja fast nicht zum aushalten.

Ich weiß, Cosmo Du schläfst ja auch noch bei einstelligen Temperaturen im Garten. Aber die Katzen haben es auch gerne wenn es im Haus schön warm ist. Minki wird ganz nervös wenn es kühler wird und noch nicht eingeheizt ist. Manchmal glaube ich ja Du hast etwas von einem Husky. Schau mal wie sich die Katzen im Winter drinnen wohlfühlen.

So ein Körbchen beim Ofen ist für Katzen schon etwas zum wohlfühlen.

Okay, da müssen wir halt einen Kompromiss finden. Unsere Spaziergänge im Winter sind immer viel länger als im Sommer. Im Sommer schaffen wir es meistens nur bis zum Dorfteich damit Cosmo schwimmen und sich abkühlen kann.

Aber im Sommer haben wir auch tolle Abenteuer erlebt.

Ja die Spaziergänge in der Thaya Au waren immer lustig. Zwischen den Bäumen war immer Schatten und ich konnte immer in den kühlen Fluss springen und herumschwimmen. Einmal hat mich ein Biber in die Pfote gebissen. Das hat ganz schön weh getan. Das ist ein echtes Hundeparadies weil es soviel zu entdecken gibt.

Und nachher bist Du auf die großen Strohballen am Feld geklettert. Da warst Du aber noch jünger und bist immer rauf und runter. Das waren die Zeiten wo Du nach drei Stunden herumtollen eine halbe Stunde geschlafen hast und dann ging es schon wieder los.

Aber wie Du noch ganz klein warst hast Du auch mehr geschlafen genauso wie heute.
Ich habe da ein tolles Foto gefunden wie Du im Alter von 10 Wochen mitten im fressen bei der Futterschüssel eingeschlafen bist.

Das Foto willst Du aber nicht wirklich herzeigen!!

Wieso nicht Cosmo? Das ist ein liebes Foto und ich bin sicher unseren Lesern wird es gefallen!

Cosmo denkt gerade nach und und meint dann ganz selbstsicher: „Da habe ich nur mein Futter bewacht"

Deine Schlafstellung hat sich aber auch verändert. Heute schläfst Du gerne am Rücken so wie hier:

Gestern warst Du ja bei Maria & Kurt weil den ganzen Tag keiner zu Hause war. Die beiden können Dich echt gut leiden. Wenn wir zu Ihnen auf Besuch kommen ist immer schon Futter, Essen und ein ganzer Korb voll Spielzeug hergerichtet.

Oh ja, ich mag Kurt & Maria auch wirklich gerne. Die sind immer ganz lieb zu mir. Ich kann mich noch gut erinnern, als ich sie das erste mal gesehen habe. Maria stand bei Ihrer Einfahrt und ich bin gleich hin zu Ihr und habe Ihr in hündisch viel erzählt. Aber ich glaube Sie hat mich auf Anhieb verstanden. Außerdem geht Maria immer dort wo ich will!

Es ist schon toll wenn man so liebe Freunde haben. Die beiden füttern ja auch unsere Katzen, wenn wir einmal länger weg sind.

Minki kommt gerade mit äußerst schlechter Laune zu uns ins Zimmer. Minki, was ist denn los?

Da fragst Du noch? Schau einmal raus. Es regnet schon wieder und Ihr wisst genau, das ich es nicht leiden kann wenn es regnet. Ich leg mich jetzt in die Küche zum Ofen und warte bis es aufgehört hat zu regnen. Und wehe es stört mich jemand!

Okay Minki, wir werden uns leise verhalten.

Sie ist halt eine kleine Diva brummt Cosmo. Mir macht der Regen gar nichts aus.

Cosmo liegt am Teppich und meint „ Jetzt bin ich aber vom vielen erzählen schon müde. Und ich werde jetzt auch ein kleines Nickerchen machen". Übrigens weißt Du, das es nicht allen Tieren so gut geht wie uns?

Ja Cosmo: Hast Du eine Idee was wir daran ändern können?

Wie wäre es wenn Du von den Einnahmen vom Buch Futter für Tiere kaufst denen es nicht so gut geht?

Das ist eine gute Idee Cosmo. Wenn es unseren Lesern gefällt und sie das Buch kaufen werden wir einen Teil der Einnahmen dazu benützen und Tierfutter kaufen und an Tiere weitergeben, die nicht ein so schönes Heim haben.

Aber da ja dann auch unsere Leser mit dem Kauf des Buches einen großen Beitrag leisten, müssen wir sie auch informieren was wir an Futter gekauft haben und wo das Futter hingegangen ist.

Wir werden das so machen, das wir unsere Leser regelmäßig darüber auf unserer Homepage :

https://wbe-edition.blogspot.co.at/

zu informieren.

Und wenn es unseren Lesern gefallen hat, dann gibt es auch eine Fortsetzung mit noch mehr Geschichten und Abenteuern von Euch.

Danksagung

An dieser Stelle möchte ich mich bei allen bedanken, die zu diesem Buch beigetragen haben. Manchmal bewusst, manchmal unfreiwillig: Meine Frau Maria, unser Sohn Markus, Kurt & Maria, Familie Girsch (auch bekannt als 3er Girsch) und alle anderen die in irgendeiner Weise zu unsern Geschichten beigetragen haben.

Unsere Hauptdarsteller:
Cosmo, Minki, Luis, Carlo, Sigi, Petzi.

Demnächst gibt es weiter Geschichten von Cosmo, Minki & Co.

Einfach öfters unter
https://wbe-edition.blogspot.co.at/

vorbeischauen.